Le Miroir enchanté

Le pic du Diable

L'auteur

Nicolas Campbell a passé son enfance en Inde. Passionné d'histoire et de romans d'aventures comme *Tom Sawyer* ou *L'Île au trésor*, il adore voyager et regarder des vieux films avec son fils. S'il n'avait pas été écrivain, il aurait aimé être pilote dans l'aviation ou explorateur. Il vit en Angleterre avec sa famille et son chien Razz.

Dans la même collection :

1. Prisonnière des corsaires
2. L'étoile du shérif
3. Le tournoi des écuyers
4. Le pic du Diable

Le pic du Diable

Tome 4

Traduit de l'anglais par Fabienne Berganz

Illustré par Prince Gigi

**POCKET JEUNESSE
PKJ·**

Titre original :
Race to Devil's Peak

Loi n° 49-956 du 16 juillet 1949 sur les publications
destinées à la jeunesse : juin 2014.

© 2014, Working Partners Ltd.
© 2014, éditions Pocket Jeunesse, département
d'Univers Poche, pour la traduction française
et la présente édition.

La série *Le Miroir enchanté* a été créée par Working Partners Ltd, Londres.

ISBN : 978-2-266-23440-5

Merci à Allan Frewin Jones

Jade Key

Jade Key : 10 ans.
La cousine de Louis.
Garçon manqué,
énergique, drôle,
elle fonce avant
de réfléchir…
ce qui la met
souvent en danger.
Elle a une petite sœur,
Milly.

Louis Key

Louis Key : 10 ans.
Courageux, malin,
il aime réfléchir
à la situation avant de
prendre une décision.
Il est fils unique.
Il a un chien, **Oliver**,
un terrier un peu foufou.

Chapitre 1

— Allez, Louis, tu vas y arriver !
Louis Key lève les yeux : le visage souriant de sa cousine apparaît entre les feuilles du grand chêne. Jade n'a même pas l'air essoufflée.

Louis n'en peut plus ! Il s'arrête pour reprendre sa respiration.

— Plus vite ! Plus vite ! martèle Jade.

Louis serre les dents. S'il va plus vite, il risque de tomber. Mais comme il refuse de se laisser ridiculiser par une fille, il accélère : attraper une branche, tester sa solidité, pousser sur ses jambes, s'asseoir sur la branche. Super. Maintenant, il a des brindilles entre les côtes et des feuilles dans la figure. Jade continue de monter.

Au pied de l'arbre, Oliver s'agite :
— Ouaf ! Ouaf !
Louis écarte le feuillage et ordonne :
— Couché !
Oliver est un peu foufou, mais c'est un chien obéissant. Il s'allonge sur le sol et pose son museau ébouriffé sur ses pattes.

Oups ! Le pied de Louis a glissé. Il

se raccroche fermement à la branche. À demi cachée par les feuilles, Jade appelle :

— Dépêche ! Y a une vue géniale, d'ici !

— D'ici aussi ! riposte Louis.

En plus, les branches sont très fines, à cette hauteur. Deux d'entre elles ont cassé sous son poids. Mais sa cousine insiste :

— Viens, je te dis !

D'accord. Encore quelques mètres et après, stop. Louis se hisse sur une grosse branche et lève la tête. Jade est assise sur une fourche, juste au-dessus de lui.

— Regarde ! Ça valait le coup, hein ?

Louis est d'accord avec elle : la vue est à couper le souffle. Perché au sommet d'une colline, le vieux chêne domine les bois, les prairies et les champs. De l'autre côté se dresse le château délabré de leur grand-père. Un toit muni de créneaux, de hautes cheminées en brique, des fenêtres avec pierre apparente et des murs envahis de lierre. Avec les nuages qui défilent dans le ciel, on dirait un décor de film fantastique.

Grand-père. Un homme mystérieux qui passe le plus clair de son temps enfermé dans son bureau à trafiquer on ne sait quoi. La mère de Louis prétend que c'est un explorateur à la retraite, mais Louis n'y croit pas trop. Et surtout, il ignore pourquoi Grand-père a voulu que toute la famille passe les vacances d'été chez lui.

Louis se retourne vers Jade. Elle a des brindilles dans ses cheveux frisés, et des traces marron sur la figure. Un vent froid s'est levé, apportant de gros nuages noirs. Le chêne remue ;

les feuilles bruissent. Une goutte de pluie s'écrase sur le nez de Louis. Puis deux. Puis dix.

Soudain, un éclair, suivi d'un roulement de tonnerre. BRRROUM !

— Oh, oh ! dit Louis. Si on reste là, la foudre va nous tomber dessus.

Tout le monde sait qu'il ne faut jamais monter dans un arbre pendant un orage. Louis commence à redescendre et crie :

— Le dernier en bas est une saucisse grillée !

La pluie se met à tomber pour de bon. Louis se suspend à une branche et saute les deux derniers mètres qui le séparent du sol.

— Ouaf ! Ouaf ! proteste Oliver, qui n'aime pas rester seul.

En avant toute, vers le château ! Quand Jade et Louis franchissent le seuil de la maison, ils sont trempés jusqu'aux os. Oliver se secoue et les asperge de la tête aux pieds.

— Génial, grogne Jade. Maintenant, je sens le chien mouillé ! Je monte me changer.

— De toute façon, on est coincés ici pour un bon moment, réplique Louis en fixant la fenêtre battue par la pluie.

À ces mots, Jade s'arrête et lui lance un regard pétillant. Ce regard, Louis le connaît bien. Il souffle :

— Tu veux retourner au grenier ?

Une voix stridente s'élève du haut de l'escalier en chêne :

— Vous marchez avec vos chaussures mouillées sur le tapis de Grandpère ! Vous allez vous faire gronder !

Jade et Louis lèvent la tête. Quelle galère ! C'est leur cousine Sophie, la reine des enquiquineuses. Oliver s'élance sur le palier du premier étage et se secoue juste devant elle.

— Grrr ! peste Sophie. Tu as taché ma robe toute neuve !

— Bien fait, murmure Louis avec un sourire en coin.

Sophie descend les marches en sautillant. Ses cheveux roux impeccablement coiffés rebondissent sur ses épaules.

— J'ai préparé une grande charade-party pour tous les cousins, claironne-t-elle. On va bien s'amuser !

— J'ai hâte de commencer, ment Jade.

— Ne soyez pas en retard ! ordonne Sophie en disparaissant dans le hall.

Louis lève les yeux au ciel. Des charades. Décidément, cette fille est nulle de chez nulle.

— Rendez-vous dans la bibliothèque, chuchote-t-il à Jade.

Après avoir enfilé des vêtements secs, Louis se faufile dans la petite pièce remplie de livres poussiéreux.

Rien n'a bougé depuis la dernière fois. Ni l'*Arbre généalogique des Key*, l'énorme livre relié de cuir qui trône sur le lutrin en chêne… ni la porte cachée derrière l'étagère.

Derrière cette porte, il y a un passage secret qui mène à un couloir étroit. Puis un escalier en bois conduit au grenier.

Louis est toujours impressionné quand il monte au grenier. Il se demande comment on a pu amasser autant d'objets. La poussière danse dans la lumière pâle. Aujourd'hui, avec la pluie qui tambourine contre les lucarnes et le tonnerre qui fait vibrer les tuiles, l'endroit paraît encore plus effrayant.

— Oliver ! Au pied ! gronde Louis.

L'autre jour, le chien s'est emmêlé les pattes dans une guirlande de Noël. Pas question de passer dix minutes à démêler des fils électriques.

Jade fonce vers le coffre couvert d'autocollants du monde entier. Le vieux miroir posé au sol lui renvoie son reflet.

Chaque fois que Jade et Louis prennent un objet dans le coffre, le miroir enchanté s'ouvre, et il leur arrive des tas d'aventures passionnantes. Mais cette fois, Louis veut s'assurer qu'ils ne courront aucun danger.

— Pas d'étoile de shérif, ni de mouchoir en dentelle, OK ?

— OK, répond Jade. C'est quoi, ce truc ?

Elle sort du coffre un carré de tissu blanc déchiré, qu'elle déplie. Il y a une croix bleue imprimée dessus.

— C'est un drapeau, remarque Louis.

Au même instant, une fanfare retentit : trompettes, tubas et trombones. Puis des cris de joie et des applaudissements.

Jade et Louis se retournent. La porte magique vient de se rouvrir.

Dans le miroir, le soleil éclaire un village aux maisons en bois peintes de couleurs vives. Des gens dansent et chantent dans la rue, quelques poules picorent sur le sol. Il y a des femmes en jupes longues, des filles en robes bariolées, des hommes chaussés de guêtres, des garçons vêtus de chemises en lin. Tous portent une longue guirlande de fleurs. Des drapeaux colorés sont accrochés aux fenêtres des maisons. Une bonne odeur de viande mijotée s'échappe du miroir.

— Tu n'as pas faim ? demande Jade à Louis avec un sourire jusqu'aux oreilles.

— Si, lui répond son cousin.

Puis :

— Regarde comme on est habillés !

Dans le miroir, Jade et Louis portent

des pantacourts, des chemises légères et des chaussures de cuir.

— Si on allait faire la fête ? propose Jade. Ces gens ont l'air de bien s'amuser.

Oliver renifle le miroir en remuant la queue. Il a très envie de goûter le plat de viande.

— D'accord, dit Louis. Mais au

moindre problème, on retourne au grenier !

— Promis ! s'exclame Jade.

Et elle franchit le seuil du portail magique.

Chapitre 2

— Waouh !

Louis est émerveillé. Le village est blotti entre des montagnes majestueuses. Au bas des pentes s'élèvent des forêts de pins touffues. Au sommet pointent des pics couronnés de neige. Un ciel bleu lumineux éclaire le paysage.

Lentement, Jade tourne sur elle-même et s'exclame :

— Oublie la vue géniale depuis le chêne ! Ça, c'est mille fois mieux !

Bien sûr, le drapeau avec la croix bleue a disparu. Pour rouvrir le portail magique et rentrer chez eux, Jade et Louis devront le retrouver. Mais Louis n'est pas inquiet : ces villageois ne sont pas dangereux, ils leur donneront ce drapeau sans problème.

Personne ne semble avoir remarqué les deux cousins. Les gens dansent et chantent le long des rues en faisant onduler la guirlande.

Tout à coup, Louis aperçoit plusieurs mules chargées de sacs et de boîtes, attachées devant une boutique. Il s'avance pour examiner le matériel. Des cordes, des baudriers en cuir, des échelles, des pitons métalliques, des casseroles, des piolets, des bottes fourrées, des gants, des lunettes de soleil, des bonnets... L'équipement du parfait alpiniste.

Tandis que des villageois arrivent en dansant, Jade et Louis reculent...

... et percutent un garçon d'à peu près leur âge, qui croule sous un tas d'objets.

— Eh ! Regardez où vous mettez les pieds !

Le garçon titube en arrière. Une corde et deux sacs lui échappent des mains.

— Pardon, dit Jade.

Les deux cousins ramassent le matériel tombé à terre.

— Mon patron attend son équipement, gémit le garçon. Si je ne me dépêche pas, je vais avoir des ennuis.

Puis il pose sur Jade et Louis un regard curieux :

— Vous êtes nouveaux ? Je ne vous ai jamais vus. Vous participez à la course ?

— Quelle course ? demande Louis.

Le garçon ouvre de grands yeux ébahis.

— La course d'alpinisme, bien sûr ! Cette année, plusieurs centaines de personnes sont venues assister au départ !

— C'est pour ça que les gens font la fête ? interroge Louis.

— Oui. On part demain. (Le garçon gonfle la poitrine avant d'ajouter :) Je suis l'un des plus jeunes guides du village. J'ai ouvert des voies très difficiles.

— On va t'aider à porter ton matériel, suggère Jade. Comme ça, tu pourras nous en parler.

— Merci, dit-il avec un grand

sourire. Je m'appelle Jacques Folliguet. Mon père est le meilleur cordier de La Jossinière.

— Moi, c'est Louis, et elle, ma cousine Jade.

— Ouaf !

— Et voici Oliver, précise Louis.

— Je suis guide de haute montagne, explique Jacques. J'ai escaladé tous les pics de la région, sauf un.

Il pointe le doigt vers le gigantesque piton rocheux aux pentes enneigées qui domine tous les autres.

— On l'appelle le pic du Diable. Cette année, j'irai planter mon drapeau au sommet !

Le garçon a l'air intrépide et sûr de lui. Jade se tourne vers Louis et murmure :

— Jacques n'est pas notre ancêtre : il n'a pas les cheveux roux.

Louis hoche la tête et promène son regard sur la foule. Chaque fois que les deux cousins traversent le miroir, ils rencontrent un membre de la famille Key. Tous ont les cheveux roux.

Jacques s'arrête devant une belle cabane en bois située aux abords du village. La porte est grande ouverte. Des gens discutent à l'intérieur. Dès que Jacques entre dans la cabane, une voix rugit :

— C'est pas trop tôt ! Qu'est-ce que tu fabriquais ?

Le sol est jonché d'objets divers : sacs à dos, cordes, piolets, pitons, un rouleau emballé de toile cirée, des habits en laine. Cinq hommes sont assis autour d'une table en chêne et étudient une vieille carte jaunie. L'un d'eux, un costaud à la barbe broussailleuse et au front bombé, se tient debout, les poings sur les hanches. Ses yeux brillent de colère.

— C'est notre faute, s'excuse Jade.

Gros-barbu examine Jade et Louis des pieds à la tête :

— Ce sont tes nouveaux porteurs, Jacques ? J'espère qu'ils ont de l'expérience !

Louis se mord la lèvre. Il n'a jamais mis les pieds à la montagne. Jade non plus, d'ailleurs. Mais Jade a tendance à déformer la vérité. Elle réplique :

— La montagne n'a aucun secret pour nous !

— Si vous voulez faire partie de mon équipe, vous avez intérêt à ne plus être en retard ! tonne Gros-barbu en frappant du poing sur un article de journal fixé au mur avec un piolet.

Louis plisse les yeux et lit : « 14 mai 1910 ». Juste en dessous, le gros titre proclame :

LES DEUX MEILLEURS
ALPINISTES DU MONDE
S'ATTAQUENT AU PIC
DU DIABLE

Plus bas, il y a deux photos en noir et blanc, pas très nettes. Sur la première, Gros-barbu. Sur la deuxième, un homme aux cheveux hérissés et aux joues creuses tannées par le soleil. Hans Grossbaff et Pierre Dupont, d'après la légende.

Gros-barbu sort d'un sac à dos un drapeau noir avec un cercle blanc, se tourne vers ses compagnons et demande :

— Qui est le meilleur alpiniste de tous les temps ?

— Gross-baff ! Gross-baff ! Gross-baff ! chantent les hommes.

Le drapeau ressemble à celui que Jade et Louis ont trouvé dans le grenier. Ils ont donc un alpiniste parmi leurs ancêtres.

— Est-ce que le drapeau de Pierre Dupont est blanc avec une croix bleue ? veut savoir Louis.

Grossbaff le regarde comme s'il

venait de lui pousser des cornes sur la tête.

— Où as-tu trouvé ces minables ? demande-t-il à Jacques.

Sans même attendre la réponse, il ramasse son matériel et s'éloigne d'un pas lourd.

— Ce drapeau appartenait à sir Allan, explique Jacques à Louis. Il y a deux ans, il a voulu escalader le pic du Diable. Il n'est jamais revenu.

— Tu veux dire qu'il est mort ? chuchote Louis.

— Le pic du Diable porte bien son nom, répond Jacques tristement.

La voix de Grossbaff s'élève à l'autre bout de la cabane :

— Allan était un débutant. Pas moi ! Jacques, viens m'aider à ranger le matériel !

Jacques le rejoint sans tarder.

— Le drapeau est quelque part, au

pic du Diable, souffle Jade avec un sourire malicieux.

L'estomac de Louis se serre d'un coup. Pour rentrer au château de Grand-père, il va falloir faire de l'escalade. Il lève les yeux au ciel et soupire :

— Dire qu'on est venus ici pour manger de la viande rôtie !

Chapitre 3

Pendant que les hommes de Grossbaff posent des assiettes en fer-blanc sur la table, Jacques entraîne Jade et Louis à l'écart et chuchote :

— Vous n'avez pas beaucoup d'expérience, pas vrai ?

— Pas beaucoup, avoue Jade.

— Pas *du tout*, corrige Louis.

— Mais on apprend vite ! s'empresse d'ajouter Jade en donnant un coup de coude à son cousin. Et on adore les défis.

— Dans ce cas, je vais chercher du matériel et des vêtements chauds pour vous, répond Jacques. Après, je vous montrerai comment on s'encorde.

— Super ! s'enthousiasme Jade.

Louis ne dit rien. Les sourcils froncés, il gratte Oliver derrière les oreilles. Il n'a aucune envie d'escalader le pic du Diable… mais il n'a pas le choix.

★

Le dîner est prêt. Au menu : ragoût de mouton. Louis se sert et donne quelques morceaux à Oliver. Mmm ! Délicieux.

D'après les conversations, Louis comprend que tout le monde n'est pas aussi optimiste que Grossbaff. Certains semblent même avoir peur.

Peter, un grand blond tout maigre, jette un coup d'œil nerveux par la fenêtre et bredouille :

— Que… qu'est-ce qu'on fera si on rencontre le monstre ?

Jade manque de s'étouffer avec un morceau de viande.

— Le monstre ? répète Louis. Il y a un ours qui vit dans la montagne ?

Peter secoue la tête :

— Pas un ours, un *vrai* monstre. Une créature assoiffée de sang. Elle hante le pic du Diable et dévore les cadavres des alpinistes. On l'appelle la Terreur des Sommets.

Jacques éclate de rire :

— C'est une légende inventée par les gens du coin pour faire peur aux touristes ! Je suis né ici, et je n'ai jamais vu de monstre !

— Le frère de Bernard l'a bien vu, lui, intervient un gaillard robuste avec une courte barbe noire. Il me l'a dit, hier soir, au café.

— Le frère de Bernard est un vieil ivrogne ! crache Grossbaff. Il voit des éléphants roses partout ! Tu crois vraiment n'importe quoi, Matthias !

Matthias fait comme s'il n'avait rien entendu. Sa voix, grave et sinistre, résonne dans la cabane :

— La créature a une fourrure hirsute, des mains de la taille d'un plat à gratin et des griffes aiguisées comme des couteaux. Et des bouts de chair humaine coincés entre ses crocs jaunes. Et des yeux rouges comme les flammes de l'enfer.

— Et un tutu de danseuse rose bonbon ! ricane Grossbaff.

Quelques hommes rient très fort. D'autres se lancent des regards inquiets.

Louis repense au pic du Diable. À sa forme obscure et menaçante. Mais Grossbaff a raison : les monstres, ça n'existe pas.

Il fait presque nuit. On allume des lampes à huile. Les flammes découpent des ombres mouvantes sur les murs du chalet. Un autre homme prend la parole :

— Il n'y a pas de monstre. C'est le fantôme de sir Alfred Allan qui hante le pic du Diable. Il maudit ceux qui osent s'y aventurer.

À ces mots, Grossbaff pousse son assiette vide et tonne :

— Ça suffit ! Demain, on se lève tôt. Tout le monde au lit !

On installe deux matelas dans un coin pour Jade et Louis. Oliver va se blottir contre son maître.

— Extinction des feux ! ordonne le gros barbu.

Une fois le refuge plongé dans le noir, Jade chuchote :

— Hé, Louis ! Tu y crois, toi, à ces histoires de monstre ?

— Non.

— Moi non plus, répond Jade.

Pourtant, sa voix tremble un peu.

★

Bling ! Bling ! Des bruits de casseroles.

Louis ouvre les yeux. Grossbaff s'affaire, il est déjà habillé.

Louis s'assied en bâillant et regarde par la fenêtre. Des étoiles scintillent dans le ciel bleu marine.

— Départ dans dix minutes ! braille Grossbaff.

Jade et Louis avalent leur petit déjeuner en vitesse – pain, fromage et saucisson – puis enfilent les vêtements chauds. Jade renifle ses chaussettes en râlant :

— Berk ! Ça sent la vieille poubelle.

Louis rit alors qu'il enfile son gilet en laine et lace ses grosses chaussures en cuir.

Jacques tend aux deux cousins un sac à dos qui pèse une tonne. Louis s'avance vers la porte, courbé en deux. S'il trébuche avec ça dans la montagne, il roulera jusqu'au bas de la pente comme un ballon.

Un vent glacé s'est levé pendant la nuit. Au loin, le pic du Diable paraît crever le ciel. Louis a l'impression qu'il va les écraser. Même Jacques semble impressionné.

Soudain, un sifflement retentit. Plusieurs hommes marchent d'un pas guilleret. Leur sac à dos rebondit sur leurs épaules. Louis reconnaît l'homme aux cheveux hérissés.

— C'est Pierre Dupont, le concurrent de Grossbaff, murmure-t-il à Jade.

— Bonne chance, Hans ! s'exclame Dupont en passant devant eux.

Grossbaff le foudroie du regard et lâche un gros mot.

— On a encore atterri dans le mauvais camp, dit Louis à l'oreille de Jade. Dupont a l'air beaucoup plus sympa.

— En plus, il est rapide, observe Jade. Regarde : il est déjà loin.

— Ça commence bien, commente Louis.

— Sans compter qu'une tempête se prépare, intervient Jacques en désignant des nuages noirs qui avancent dans le ciel.

L'équipe de Grossbaff se met en route. Bientôt elle arrive à la lisière de la forêt. Un chemin zigzague entre les pins, s'enfonçant dans l'obscurité. Les nuages sont maintenant agglutinés autour du pic du Diable.

— On devrait attendre avant de grimper, dit Jacques à Grossbaff. S'il y a une tempête, on…

— Je ne t'ai pas demandé ton avis, le coupe Grossbaff.

— Mais je connais la montagne, insiste Jacques. Il ne faut pas la sous-estimer.

— Je n'ai pas de leçon à recevoir de toi, bougonne Grossbaff avant de le pousser brutalement.

Le gros barbu repart vers la forêt d'un pas décidé. Jacques le suit en soupirant.

— Il faut retrouver le drapeau de sir Allan, et vite, dit Louis. Sinon, on aura des ennuis.

Jade hoche la tête en silence.

Dès que les deux cousins toucheront le drapeau, pouf! ils seront instantanément transportés dans le grenier de Grand-père.

À condition de ne pas être frappés par la foudre dans la montagne.

Chapitre 4

Il fait chaud maintenant que le jour s'est levé. Louis transpire à grosses gouttes. Les bretelles de son sac à dos lui mordent les épaules. Il a très mal aux jambes. Plus haut, au-delà de la forêt, les falaises rocheuses se dressent vers le ciel.

Oliver gambade joyeusement parmi les grimpeurs. Soudain, il manque de faire trébucher Grossbaff. Celui-ci pose un genou à terre, attrape Oliver par le collier, et rugit :

— Viens ici, sale cabot !

— Lâchez-le ! s'écrie Louis.

Grossbaff sort une petite bouteille

de son sac à dos et l'attache autour du cou d'Oliver :

— Tu vas porter ma réserve de whisky. Au moins, tu seras utile.

Oliver regarde la bouteille se balancer sous son museau. Louis le rassure d'une caresse. Tout fier, Oliver redresse la tête, monte sur un gros rocher, et aboie comme pour dire :

— Alors ? Vous venez ?

Les hommes de Grossbaff éclatent de rire.

Tout à coup, Jacques désigne les silhouettes minuscules qui se découpent sur la pente rocheuse :

— Regardez ! C'est Dupont et son équipe ! Ils sont drôlement loin !

— Pff ! réplique Grossbaff. On les rattrapera bien assez tôt !

— Pourquoi tu travailles pour ce gros nul ? demande Jade à Jacques.

— Parce que l'équipe de Dupont était déjà au complet quand je cherchais du travail, répond Jacques. Depuis que mon père s'est blessé en montagne, c'est moi qui gagne de quoi manger.

Pendant un moment, il fixe le pic gigantesque, puis il reprend :

— Un jour, je deviendrai célèbre, et je n'aurai plus besoin de travailler pour lui. (Il se tourne vers Jade et Louis, les yeux brillants.) Vous savez que le mont Everest, dans l'Himalaya, mesure plus de huit mille mètres d'altitude ?

Louis acquiesce. Il l'a étudié en géographie.

— Un jour, je gravirai l'Everest, affirme Jacques.

— Impossible, intervient Peter. Là-haut, l'air est si rare qu'on ne peut pas respirer.

— En fait, commence Jade, on peut respirer, mais...

Louis la fait taire d'un raclement de gorge. On n'a pas encore escaladé l'Everest, en 1910. Ni découvert qu'on pouvait respirer à huit mille mètres d'altitude, même très difficilement.

Soudain Matthias s'écrie :

— Une avalanche !

Louis se tourne vers la vallée encaissée que l'alpiniste montre du doigt. Un flot de neige dévale la pente et renverse les arbres de la forêt comme des allumettes. D'énormes rochers rebondissent dans la coulée de neige. Puis le silence revient.

— Qu'est-ce qu'on fera si une avalanche vient sur nous ? souffle Jade.

— Rien, réplique Jacques. Une avalanche ensevelit tout sur son passage.

— Vous avez fini de rêvasser ? rugit Grossbaff. En route !

Louis repart en soupirant. Pour se donner du courage, il s'imagine Grossbaff emporté par une avalanche…

★

Après des heures de grimpée, ils arrivent au pied d'une falaise. Louis écarquille les yeux. La paroi semble infranchissable.

Pourtant, il y a un passage : une cheminée de soixante centimètres de large et de quarante mètres de haut. Grossbaff passe le premier. Il plaque le dos contre la paroi et monte en calant les mains et les pieds dans les fissures. Ensuite, c'est au tour des autres alpinistes, puis de Jacques. Louis trouve qu'il se débrouille très bien, mais Grossbaff ricane :

— Ma grand-mère grimpe plus vite que toi !

Les hommes de Grossbaff se sont partagé une partie du matériel de Louis. Comme ça, Oliver peut monter dans le sac à dos qu'on a accroché à une corde. Pauvre Oliver. Il se demande ce qui lui arrive. Les oreilles plaquées sur le crâne, il se laisse hisser le long de la paroi en gémissant. Peter le dépose en haut de la falaise.

Jade s'engage dans la cheminée. Louis observe attentivement où elle met les mains et les pieds, puis il commence à grimper.

C'est beaucoup plus difficile qu'il n'y paraît. Il faut glisser les doigts dans des fissures minuscules qui écorchent la peau et pousser fort sur les jambes. Surtout, ne pas paniquer.

À mi-parcours, Louis s'arrête. Il a un peu le vertige.

— Courage ! lui crie Jade. Tu y es presque !

Louis inspire un grand coup et recommence à grimper, centimètre par centimètre. Lorsque, enfin, il arrive au sommet, il est couvert de sueur et tout tremblant.

— Ça, un porteur ? explose Grossbaff en regardant Louis reprendre son souffle. Ha ! ha ! ha ! Laissez-moi rire !

— Il ne s'est pas entraîné depuis longtemps, le défend Jade.

— Il nous retarde, critique le gros barbu. Soit il accélère, soit on le laisse ici.

— C'est facile quand on a le sac à dos le moins lourd, murmure Jade à son cousin.

Le garçon hoche la tête. Grossbaff ne porte presque rien. Louis porte Oliver et tout son matériel !

Il fait beaucoup plus froid, à cette altitude. Tout le monde enfile un manteau fourré, mais cela ne suffit pas à arrêter le vent glacé.

Le paysage a changé : sous leurs yeux s'étend une étendue déserte parsemée de rochers énormes. Soudain, Louis sent la neige crisser sous ses pieds. Il regarde autour de lui. La montagne disparaît sous un épais manteau blanc. En bas, la vallée et les pentes abruptes semblent à des années-lumière.

— Mettez vos crampons ! ordonne Grossbaff de sa voix puissante.

— C'est quoi, des crampons ? interroge Louis.

— Des pointes métalliques qu'on fixe aux chaussures, répond Jacques. C'est très pratique. En enfonçant la pointe dans la neige durcie, on ne peut pas glisser.

Lentement, la montée se poursuit à travers le désert glacé.

Au bout d'un moment, Jade demande à Jacques :

— Tu es sûr que personne ne vit dans ces montagnes ?

— Certain, réplique le jeune guide.

— Alors pourquoi Matthias et Peter croient-ils qu'une créature habite ici ?

— L'air est rare, en altitude, explique Jacques. Parfois, ça donne des hallucinations.

Jade et Louis se regardent, un peu inquiets.

— Il ne faut pas sous-estimer la montagne, répète Jacques. Surtout par mauvais temps.

— On n'a qu'à faire demi-tour, si c'est trop dangereux ! s'écrie Jade.

— Pas question ! rétorque Jacques, une lueur farouche dans les yeux. Qui va me payer, si j'abandonne ?

Louis soupire. Pourquoi faut-il toujours qu'ils rencontrent des gens aussi têtus ?

Chapitre 5

Tout le monde avance en silence – même Jade, l'éternelle bavarde. Louis a du mal à mettre un pied devant l'autre. C'est comme s'il grimpait depuis des siècles. Il a les orteils gelés et le nez qui coule. Si ça continue, des stalactites vont lui pendre des narines.

En arrivant sur un replat entouré d'aiguilles rocheuses, Grossbaff ordonne :

— On va se reposer ici. C'est le Trône de Satan.

Pendant que les autres boivent de l'eau et mangent un peu de saucisson, Grossbaff va se poster au bord et observe avec ses jumelles la montagne. Au loin, on aperçoit des empreintes de pas dans la neige. Dupont et son équipe ont une bonne longueur d'avance.

— Vous croyez qu'on pourra les rattraper ? veut savoir Louis.

— Je m'en fiche ! ricane Grossbaff. Ils ont pris le mauvais chemin !

— Comment le sais-tu ? interroge Peter, intrigué.

Le gros barbu s'esclaffe, sort de son sac un carnet relié de cuir et s'accroupit pour l'ouvrir. Tout le monde s'approche pour regarder.

Dans le carnet, il y a des notes et des cartes tracées à la main.

— C'est le journal de sir Alfred Allan, explique Grossbaff. C'est tout ce que les membres de l'expédition de secours ont retrouvé.

À ces mots, le pouls de Louis s'accélère.

— Ils n'ont pas trouvé son drapeau, par hasard ?

— Non, grogne Grossbaff. Juste ce carnet, enveloppé dans un bout de toile cirée pour le protéger de l'humidité. Dedans, sir Allan a indiqué la route qu'il a prise. Regardez...

Un large sourire lui fend le visage. Jade et Louis se penchent pour mieux voir.

— Dupont a choisi la même voie que sir Allan, reprend Grossbaff en tapotant la page avec son doigt massif. Lisez ce qu'il a écrit :

« Nous n'aurions jamais dû prendre cette route. Nous sommes épuisés et découragés. Les vivres commencent à manquer. Mais les hommes me suivront jusqu'au bout. Ils ont le sens de l'honneur et du devoir. De toute façon, il est trop tard pour faire marche arrière... »

Grossbaff referme le carnet d'un coup sec.

— Je ne ferai pas la même erreur ! On va passer par les Mâchoires de Lucifer, annonce-t-il d'un ton autoritaire.

— Mais... mais c'est la route la plus dangereuse ! proteste Jacques.

— Pas pour le meilleur alpiniste du monde, rétorque Grossbaff en se frappant la poitrine.

— S'il vous plaît, ne passez pas par là, insiste Jacques.

Ce à quoi Matthias réplique :

— Bouh, la poule mouillée ! Côt-côt-côt codêêêc !

Et il se met à battre des bras comme s'il avait des ailes.

Louis se raidit :

— Ce n'est pas bien de se moquer !

— Laisse tomber, explique Jacques. Il a le mal des montagnes.

Grossbaff attrape Matthias par les épaules et le secoue en criant :

— Arrête de faire l'idiot !

— Bonjour, papa, répond Matthias. Tu veux bien jouer du violon pour faire danser ma poule ? Côt-côt-côôôt !

Puis il commence à chanter :

— Une poule sur un mur, qui picote du pain dur…

— STOOOP ! mugit Grossbaff.

— Il a le mal des montagnes, répète Jacques. Avec l'altitude, le cerveau manque d'oxygène, et on se met à délirer.

— Ce n'est pas sa faute, intervient Jade, agacée. Arrêtez de lui crier dessus et faites-le redescendre.

Le gros barbu la fusille du regard et lève le bras comme s'il allait la gifler. Jade soutient son regard. Louis bondit pour s'interposer. Oliver montre les dents.

— Grrr !

Pendant quelques secondes, plus personne ne bouge. Puis Grossbaff baisse le bras et lâche :

— Que ce crétin des Alpes redescende ! De toute manière, je n'ai plus besoin de lui.

— Je l'accompagne, se dépêche de proposer Peter.

Lentement, les deux hommes disparaissent dans la brume.

— Je vous préviens, gronde Grossbaff en se tournant vers Philippe et Serge, les deux autres alpinistes. Le premier qui fait la poule, je le jette au fond du précipice !

La petite troupe repart en silence.

Au bout d'un moment, Louis demande à sa cousine :

— Comment va-t-on trouver le drapeau, si on prend un chemin différent de celui de sir Allan ?

— Je te parie un million d'euros qu'on va y arriver ! s'exclame Jade.

Louis se tourne vers Oliver, toujours ballotté dans son sac à dos :

— Tu entends ça, Oliver ? Avec un million d'euros, je pourrais t'acheter des tonnes de croquettes !

— Ouaf! répond Oliver en lui léchant l'oreille.

Ce n'est pas facile de marcher sur les corniches étroites couvertes de neige. Il faut faire attention où on met les pieds. Surtout que le soleil commence à disparaître. Bientôt, le froid et l'obscurité s'installent dans la montagne. Peu à peu, les nuages grignotent le ciel. La tempête approche.

Maintenant, ils avancent au fond d'un ravin coincé entre deux murs de glace. Soudain, un cri effrayant se fait entendre. Puis des hurlements de terreur, dont l'écho se répercute sur les rochers.

— C'est… c'est le monstre ! bredouille Philippe.

Louis sent ses cheveux se dresser sur sa nuque. Il tourne la tête à gauche. À droite. Le cri lui a glacé le sang. On aurait dit le rugissement d'un lion mélangé au grognement d'un gorille fou.

— C'est juste le vent, s'énerve Grossbaff.

Mais Louis voit bien que tout le monde a peur. Même Jacques est devenu tout pâle.

— Il vaudrait mieux faire demi-tour, murmure celui-ci.

— Assez discuté mes ordres ! tranche Grossbaff. Si tu recommences, je dirai à tout le monde que tu es le plus mauvais guide du pays !

— Il faut quand même se reposer, tente de le calmer Serge.

— Pas maintenant, riposte le gros barbu. J'ai ma réputation, moi !

Louis lève les yeux. Suspendus au-dessus de sa tête, les gros nuages noirs paraissent sur le point d'éclater. Le vent mugit comme un millier de voix monstrueuses. Jade répète doucement :

— C'est juste le vent. Les monstres n'existent pas. C'est juste le vent…

Louis claque des dents. D'habitude, Jade n'a peur de rien. Si elle s'inquiète, Louis a de quoi s'affoler. Surtout avec ce grondement sourd, là, en haut de la pente. Louis sent le sol trembler sous ses pieds. L'instant d'après, Jacques s'écrie :

— Une avalanche !

Un torrent de neige s'engouffre dans la ravine.

Il se dirige droit sur eux.

— Vite ! hurle Philippe. À couvert, sous ce rocher plat !

Tout le monde se précipite vers le rocher. L'avalanche dévale la pente. Louis trébuche. Jacques le relève en le tirant par le bras, le pousse en avant...

... et l'avalanche l'emporte en faisant un bruit de tonnerre.

Louis se rue à son secours, mais deux mains puissantes le ramènent en arrière. Recroquevillé sous le rocher plat, Louis voit l'avalanche déverser ses tonnes de neige le long de la pente dans un vacarme assourdissant. Le sol tremble. Bientôt, c'est l'obscurité totale.

Puis le silence, effrayant, brisé par le hululement du vent.

Louis se retourne. Il n'y a plus de sentier. Ni de rochers. Rien qu'un tas de neige d'un blanc aveuglant. Blottis les uns contre les autres, Grossbaff, Serge et Philippe se regardent, étourdis.

Soudain, Serge demande :

— Où est Jacques ?

Louis a la tête qui tourne. Ses oreilles bourdonnent. Son cœur bat à cent à l'heure. Le visage épouvanté de Jacques danse devant ses yeux.

— Il faut le retrouver ! s'écrie-t-il en sortant à quatre pattes de sous le rocher.

— Hélas, gémit Philippe. Personne ne survit à une avalanche.

— Non ! s'écrie Louis, horrifié. On va creuser ! Il est forcément quelque part !

Serge et Philippe ont l'air choqués, mais Grossbaff soupire :

— Ah, là, là ! c'est la vie ! Je donnerai de l'argent à sa famille. En route ! Le pic du Diable nous attend !

Louis n'en croit pas ses oreilles. Grossbaff a vraiment un cœur de pierre !

— Pas question d'abandonner Jacques ! décide Louis.

Il fait sortir Oliver de son sac. Aussitôt, le chien se met à renifler la neige comme un fou. Puis il lance à Louis un regard qui veut dire : « Suis-moi ! »

— Cherche, Oliver, cherche ! l'encourage Louis.

— On perd du temps, grommelle Grossbaff. On ne le retrouvera jamais.

Cette fois, c'est au tour de Jade d'exploser.

— Si ça ne vous plaît pas, vous n'avez qu'à continuer tout seul, espèce de monstre poilu !

— Petite impertinente ! s'indigne le gros barbu. Comment oses-tu ?

— Ouaf ! Ouaf ! les interrompt Oliver.

Il a trouvé quelque chose. Quelques mètres plus bas, il creuse la neige avec ses pattes. Jade et Louis courent l'aider. Vite, vite, viiite ! Jacques doit étouffer, là-dessous !

Jade, Oliver et Louis creusent. Encore. Et encore. Et encore. Rien.

Louis commence à paniquer.

Et si Grossbaff avait raison ?

Chapitre 6

Brusquement, pop ! Une main gantée jaillit de la neige. Louis saisit les doigts raides et tire de toutes ses forces en hurlant.

— Jacques est là ! Il est vivant !

— Miracle ! s'exclame Serge.

Avec Philippe ils se précipitent pour déblayer la neige. Louis se cramponne à la main de Jacques, comme si le sol allait l'aspirer vers le bas.

Enfin, Jacques est hissé à la surface. Il a la figure toute bleue et semble sur le point de s'évanouir. Serge et Philippe le portent sous le rocher plat.

— M-m-merci, bégaye-t-il en claquant des dents. Je vous d-d-dois la vie.

Jacques s'est coupé, juste au-dessus de l'œil gauche. Jade sort un mouchoir de son sac à dos et le presse sur la blessure en disant :

— Ça saigne beaucoup. Il faudrait recoudre la plaie.

— Il y a du désinfectant et des bandages dans mon sac. Ça suffira, objecte Jacques.

— Mauvaise idée, fait remarquer Louis.

— Je *veux* continuer, s'entête Jacques.

— Très bien, soupire Jade. Mais ne viens pas te plaindre si ça s'infecte.

Pendant que Louis tient la compresse sur la plaie, Jade déroule le bandage autour de la tête de Jacques et fait un nœud.

— Quand vous aurez fini de dorloter cette chochotte, on pourra repartir, s'impatiente Grossbaff.

— Mais il a failli *mourir* ! se révolte Jade.

— C'est parce qu'il n'a pas couru assez vite, rétorque le gros barbu.

Louis aussi est en colère. Il a très envie d'enfoncer la tête de Grossbaff dans la neige.

— On pourrait camper ici, suggère Philippe.

— Oui, dit Serge. Comme ça, on serait à l'abri des avalanches.

Mais Grossbaff en a décidé autrement.

— On campera quand je le dirai !

— Tu veux traverser les Mâchoires de Lucifer de nuit ? s'étrangle Serge. C'est de la folie !

— Je suis d'accord avec Serge, déclare Philippe.

Grossbaff les fusille du regard puis, avec un grognement de cochon, il jette son sac à dos à terre et bougonne :

— D'accord. Mais je vous préviens : si je n'ai pas planté mon drapeau au sommet du pic du Diable avant demain midi, vous le regretterez !

★

Allongé dans son sac de couchage, Louis écoute le vent hurler. Il a l'impression que la tente va s'envoler, même si elle est fixée au sol par des pitons en acier. Louis est coincé entre

Jade, Jacques et les sacs à dos. Serge et Philippe sont dans une autre tente. Bien sûr, Grossbaff s'est gardé la plus grande pour lui tout seul.

Les hululements du vent ressemblent aux cris d'un animal sauvage. Pelotonné contre Louis, Oliver remue dans son sommeil.

Louis resserre la capuche fourrée du sac de couchage autour de sa tête et tente de penser à quelque chose de chaud. Des côtelettes au barbecue… Un bol de chocolat chaud… Une plage ensoleillée…

Soudain, il entend un bruit. Crrr… Crrr… Quelqu'un marche, dehors, dans la neige. Louis lève la tête. « Hooou ouh !… » Le vent n'arrête pas de souffler.

Il n'y a personne. Évidemment. Qui serait assez fou pour sortir par un temps pareil ?

*

— Lâches ! Traîtres ! Vous me le paierez !

Louis ouvre les yeux. C'est la voix de Grossbaff. Il semble furieux. Une lueur pâle filtre à travers la toile de la tente. Jacques, Jade et Louis sortent à quatre pattes pour voir ce qui se passe.

Il a neigé toute la nuit. L'air est vif et piquant. Le ciel est toujours couvert. Plus bas, un lac de brume tournoie dans la vallée.

La tente de Philippe et de Serge est grande ouverte. Et vide.

Grossbaff agite son piolet, et beugle :

— Attendez un peu que je redescende ! Vous allez voir ce qu'il en coûte de se moquer de Hans Grossbaff !

Louis sourit. Il aurait aimé redescendre avec Philippe et Serge.

Grossbaff aurait fait une drôle de tête s'il s'était retrouvé tout seul à son réveil.

— Remballez vos affaires, vous trois ! ordonne-t-il. On s'en va !

— Pas avant d'avoir pris un petit déjeuner, rétorque Jade.

— On ne peut pas repartir le ventre vide, confirme Jacques.

— Grmbl..., fait Grossbaff. D'accord, mais vite.

Jacques allume le réchaud à gaz et fait tiédir un peu de ragoût. Dix minutes plus tard, Grossbaff et les trois enfants se remettent en route, chargés comme des mulets. Direction : les Mâchoires de Lucifer.

La montée est encore plus raide, maintenant. Il faut marcher à la queue leu leu. Grossbaff est en tête, creusant un chemin dans l'épais manteau de neige. Puis viennent Jade et Louis. Jacques ferme la marche. Louis a l'impression d'avancer à pas de fourmi. Il doit planter les crampons et le piolet dans la poudreuse. Pousser fort sur ses jambes. Tirer sur ses bras. Faire taire ses muscles douloureux. Et respirer lentement, parce que l'air glacé transperce ses poumons.

Grossbaff, lui, semble infatigable. Il piétine la neige en projetant des éclats de glace derrière lui.

— On est sur la Crête du Pas-Chassé, dit Jacques à Louis et Jade. C'est un endroit très dangereux.

Un frisson parcourt Louis de la tête aux pieds. L'étroite corniche enneigée surplombe un précipice sans fin. S'il tombe, couic ! plus de Louis.

— On devrait faire demi-tour, dit Jacques. Si la tempête nous surprend ici, on…

Grossbaff se retourne et rugit :

— Le prochain qui parle de faire

demi-tour, je l'expédie en bas d'un coup de pied aux fesses !

— Il a peut-être le mal des montagnes, chuchote Louis.

Jacques fait « non » de la tête :

— Grossbaff est toujours comme ça.

— Je serai un héros ! raconte le gros barbu en dansant d'un pied sur l'autre. On écrira des tas de livres sur moi ! Je ferai le tour du monde ! Les présidents me…

Zip ! Grossbaff a dérapé. Il tombe à la renverse. Il glisse comme sur un toboggan. Et boum ! il fonce dans Louis, qui dégringole dans un nuage de poudreuse. Ouaf ! Oliver saute du sac à dos, effrayé.

Louis essaye de se rattraper, mais la neige s'effrite sous ses doigts. Il file de plus en plus vite, droit vers le précipice. Le paysage tournoie devant ses yeux. Loin, très loin, il entend Jade lui hurler :

— Sers-toi de ton piolet !

Louis écarte les jambes... se retourne sur le ventre... serre les dents... et paf ! plante son piolet dans la neige.

Ouf ! Juste à temps ! Louis s'est arrêté à dix centimètres du vide. Ses doigts engourdis par le froid sont cramponnés autour du manche du piolet. Il a mal partout, mais il est vivant !

Il lève les yeux. Combien de mètres a-t-il dévalé ? Il ne voit rien, entre la neige et les nuages blancs.

Lentement, il remonte le long de la pente. D'abord, il plante les crampons dans la glace. Puis il tire sur le manche du piolet, l'arrache et vite, il le replante un peu plus haut. Et il recommence, sans trop penser au froid qui lui mord les doigts et les orteils.

Planter, tirer, arracher. Planter, tirer, arracher. Ça marche ! Louis a trouvé la technique !

Lorsqu'il fait une pause pour reprendre son souffle, il entend Jade pleurer :

— C'est ma faute ! Je n'aurais jamais dû insister pour retraverser le miroir ! Qu'est-ce que je vais dire à Grand-père ?

— Aide-moi à remonter, au lieu de pleurnicher, lui crie Louis.

— Ouaf ! Ouaf ! fait Oliver.

La figure toute blanche de Jade apparaît en haut de la pente.

— Louis ! T'es pas mort ?

— Ben non, lâche Louis. Tu peux me lancer une corde ?

— Attends, je viens te chercher ! s'écrie Jacques.

Deux minutes plus tard, Jacques s'arrête au niveau de Louis, une grosse corde passée autour de la taille. Avec son aide, Louis regagne le haut de la pente. Oliver aboie en remuant la queue. Lui aussi est soulagé.

Soudain, Louis s'inquiète :

— Où est Grossbaff ?

— Il est reparti, répond Jacques. Je crois qu'il est fou.

— Complètement cinglé, oui ! renchérit Jade.

Elle se tourne vers son cousin avant d'ajouter :

— Pardon de t'avoir entraîné dans cette aventure. Tu avais raison : c'est trop dangereux ; il faut redescendre. Tant pis pour le drapeau de sir Allan. On trouvera un autre moyen de rentrer chez nous.

Louis a failli mourir. Il devrait écouter Jade. Mais, bizarrement, sa chute lui a redonné du courage. Alors il dit :

— Je veux continuer.

— Tu es sûr ? demande Jade avec un grand sourire.

— Sûr et certain. Jacques, tu viens avec nous ?

Jacques sort un rouleau de corde de son sac et réplique :

— Oui, mais on va d'abord s'encorder.

— Génial, grommelle Jade. Comme ça, si l'un de nous glisse, on tombera tous les trois.

Chapitre 7

C'est quand même plus agréable de marcher sans entendre les hurlements de Grossbaff. Louis a le nez, les oreilles et les doigts gelés, il porte toujours Oliver dans son sac à dos, mais il se sent mieux.

— C'est encore loin, les Mâchoires de Lucifer ? demande-t-il à Jacques.

— Pas trop, répond le guide en désignant un monticule rocheux.

Dix minutes plus tard, Jade, Louis et Jacques arrivent sur un replat coincé entre deux colonnes de glace gigantesques.

Louis est un peu inquiet.

— On dirait deux grosses dents fissurées, murmure-t-il.

— Tu comprends, maintenant, pourquoi on appelle cet endroit les Mâchoires de Lucifer ? réplique Jacques.

Louis frémit.

— Tu es sûr qu'elles ne vont pas s'effondrer ?

— Il faut faire attention. Parfois, des blocs de glace se détachent.

— Alors partons vite, conclut Jade.

Oliver gémit. Lui non plus n'aime pas cet endroit.

— Regardez, dit Jacques en montrant des traces de pas dans la neige.

— Grossbaff est juste devant nous, suppose Louis.

Jade met ses mains en porte-voix et crie :

— On vous a rattrapé, monsieur Grosse-Barbe ! Vous allez…

— Chut ! l'interrompt Jacques. Si

on fait trop de bruit, on peut déclencher des chutes de glace !

— Oups ! fait Jade en se plaquant une main sur la bouche.

Ils repartent en silence entre les colonnes blanches. Louis ose à peine respirer. Le crissement de la neige sous ses pas est amplifié par l'écho de la montagne. Le vent glacé fait tourbillonner les nuages, qui s'enroulent autour de ses jambes.

Tout à coup, Jacques tend le doigt et s'écrie :

— Le pic du Diable !

Les nuages se sont écartés et dévoilent un triangle de pierre qui scintille au soleil.

— À partir de maintenant, il faut être encore plus prudents, continue Jacques. Vous voyez ces taches sombres, sur la neige ? Dessous, il y a des crevasses.

— Des crevasses ? répète Jade.

— Ce sont de grands trous dans

le sol recouverts d'une mince couche de glace. Surtout, marchez bien là où je marche.

Louis hoche la tête. Une chute par jour, ça suffit.

— On ne voit plus les empreintes de Grossbaff, fait-il remarquer.

— Il a peut-être pris un autre chemin, répond Jacques.

La montée reprend, à un rythme d'escargot. Avant de faire un pas, Jacques teste la solidité de la glace avec son piolet.

Louis a de plus en plus de mal à respirer. Dans le sac, Oliver halète comme s'il avait couru pendant des heures.

— J'espère que je ne vais pas avoir le mal des montagnes, dit Louis à Jade.

— J'espère que moi non plus, sourit sa cousine. Tu serais bizarre, avec une tête de poule.

Soudain, Jade se dirige vers la gauche et s'exclame :

— Je vois les traces de pas de Grossbaff !

— Non ! hurle Jacques. Pas par là ! Il y a une crev…

Trop tard. Jade est tombée dans un trou. Elle a de la neige jusqu'à la taille. Sous le choc, la corde accrochée à la taille de Louis s'est tendue. Entraîné à son tour, il plante les talons dans la neige et tire sur la corde de toutes ses forces.

— Au secooours ! crie Jade en agrippant la corde à deux mains.

Jacques se jette à terre, plante son piolet dans la neige et explique :

— Je la tiens ! Louis, approche-toi tout doucement et essaye de la hisser vers nous !

Louis avance à quatre pattes vers la crevasse. Jade a les yeux fixés sur le gouffre noir qui s'ouvre sous ses pieds.

— Ne regarde pas en bas ! lui ordonne son cousin.

Jade lève vers lui ses yeux écarquillés de terreur.

— Sors du sac, Oliver ! dit Louis.

Oliver s'éloigne en aboyant. Jacques s'allonge sur le dos. Centimètre par centimètre, il tire la corde vers lui. Progressivement, Jade remonte. Louis tend le bras ; ses doigts et ceux de Jade se touchent presque.

Au bord de la crevasse, la neige

commence à s'effriter. Louis prend une profonde inspiration, plante son piolet dans la glace et se rapproche de la crevasse. Ça y est ! Il tient la main de Jade ! Il peut la hisser hors du trou. Maintenant !

Allongés dans la neige, les trois enfants reprennent leur souffle. C'était moins une ! Puis Jade s'assied, secoue la tête pour faire tomber la neige accrochée à ses cheveux et déclare avec un grand sourire :

— Je ne m'éloignerai plus. Promis !

Dernière ligne droite. La plus dangereuse. Louis est très concentré. Le vent s'engouffre entre les colonnes de glace et soulève des tourbillons de neige. Lorsqu'ils arrivent enfin sur le dernier plat, Louis lève les yeux. Le soleil a disparu derrière le pic. Toujours aucune trace de Grossbaff.

— Regardez la vue qu'on a ! s'écrie Jade.

Louis se retourne. Il en reste bouche bée. Des crevasses. Des couloirs. Des pentes de roche nue. Des forêts vert sombre. Louis aperçoit même les toits des maisons de La Jossinière. On dirait un village de poupées.

— Courage, les amis ! s'exclame Jacques. Plus que quelques mètres, et on aura vaincu le pic du Diable !

— Euh... je crois que quelqu'un est arrivé avant nous, annonce Jade.

Jacques et Louis lèvent la tête. Quelqu'un a planté un drapeau en haut du pic. Un drapeau blanc, avec une croix bleue.

Louis sent une vague d'énergie le traverser.

— C'est le drapeau de sir Allan ! Viens vite, Jade !

Encouragés par les aboiements d'Oliver, les deux cousins s'élancent vers le haut de la pente.

Au même moment, un cri retentit :
— À l'aiiide !

Jade et Louis se figent.

C'est la voix de Hans Grossbaff.

Chapitre 8

— Où êtes-vous, monsieur Grossbaff ? appelle Jacques.

— Ici ! Je suis tombé dans une crevasse !

— La voix vient de par là, dit Louis en désignant une saillie de glace sur sa gauche.

— Attention, prévient Jacques. On va s'approcher doucement, à quatre pattes.

Louis fait sortir Oliver du sac à dos. Ensuite, Jade et lui suivent Jacques jusqu'au bord de la crevasse et regardent à l'intérieur.

Grossbaff est là, quatre mètres plus

bas, sur une étroite corniche qui surplombe un gouffre obscur. Il a la barbe pleine de neige et les lèvres toutes bleues.

— Quand vous aurez fini de me regarder bêtement, vous pourrez me faire remonter ! rugit-il.

— Il n'est pas très poli, commente Louis. Si on le laissait là ?

— Bonne idée, approuve Jade. Peut-être que le monstre viendra le dévorer…

— Non ! s'écrie Grossbaff. Pitié ! J'ai de l'argent ! Combien vous voulez ?

— On s'en fiche, de votre argent, grogne Jade. Vous êtes méchant. Vous méritez de rester dans ce trou.

Crrrac ! Un bout de corniche s'est détaché. Louis voit la glace disparaître au fond du gouffre. Grossbaff se plaque contre la paroi. Il ouvre des yeux grands comme des soucoupes.

Jacques déroule une corde, s'assied au bord de la crevasse et fait descendre la corde dans le trou. Grossbaff l'attrape et l'attache autour de sa taille. Les trois enfants tirent sur la corde. En quelques minutes, Grossbaff est sauvé.

— Je me suis tordu la cheville en tombant, râle-t-il. Vous allez devoir m'aider à marcher.

— Surtout ne nous remerciez pas, rétorque Louis.

Le gros barbu passe le bras gauche autour des épaules de Jacques, le bras droit autour de celles de Louis, et claironne :

— En route ! Le sommet est proche !

Louis n'en croit pas ses oreilles :

— Vous avez failli mourir, et tout ce qui vous intéresse, c'est de gravir le pic du Diable ?

— Je ne t'ai pas sonné, réplique Grossbaff. Prends mon sac à dos, toi, ordonne-t-il à Jade.

— De toute manière, votre sac ne pèse rien, répond Jade en haussant les épaules.

Tout le monde repart vers le sommet.

Il n'y a plus de nuages, mais il fait de plus en plus froid. Louis ne sent plus ni ses orteils ni ses doigts. Pourvu qu'il n'attrape pas d'engelures. Même si Louis trouve ses orteils un peu laids, il ne veut pas qu'on les lui coupe s'ils sont gelés !

La dernière partie de la montée est horrible. D'abord, il y a le vent, glacial et pénétrant. Ensuite, Grossbaff, qu'il faut presque porter. Ses grognements énervent tout le monde :

— C'est moi le premier. C'est moi le roi du pic du Diable. C'est moi le vainqueur de la course. C'est moi le meilleur alpiniste de tous les temps.

Soudain, à quelques mètres du sommet, une silhouette sombre apparaît au-dessus d'eux. Et une voix s'élève, claire et forte :

— Bienvenue au pic du Diable !

Grossbaff ouvre de grands yeux terrifiés. Louis lève la tête : Pierre Dupont se tient en haut du pic, les poings sur les hanches, un large sourire aux lèvres.

— Bravo, Hans, rit-il. Tu es arrivé deuxième ! Bel exploit !

— Sois maudit, Dupont ! siffle Grossbaff entre ses dents.

La colère lui a redonné des forces. Il pousse Jacques et Louis et se précipite au sommet. Oliver retrousse les babines et se met à gronder. Louis se dépêche de monter.

C'est à cet instant qu'il aperçoit le drapeau.

Un drapeau vert, avec une étoile jaune.

— Hé ! s'exclame-t-il. Où est passé l'autre drapeau ?

Dupont plisse les paupières et devient tout rouge.

— Quel autre drapeau ?

— Celui de sir Alfred Allan, dit Jade. Un blanc avec une croix bleue.

— Ha ! ha ! ha ! fait Dupont en renversant la tête en arrière. Vous avez dû attraper le mal des montagnes ! Il n'y a qu'un seul drapeau au sommet du pic du Diable : le mien !

Jacques remue d'un pied sur l'autre, mal à l'aise.

— Il... Il a sûrement raison. À cette distance, on a peut-être mal vu.

— Je n'ai pas besoin de lunettes ! s'emporte Jade. Vous êtes un tricheur, monsieur Dupont !

Indigné, Pierre Dupont pose une main sur sa poitrine et dit en hoquetant.

— Moi ? Tricher ? Jamais !

Il se tourne vers ses hommes :

— On redescend ! Le monde entier doit savoir que Pierre Dupont est le meilleur alpiniste de tous les temps !

Les trois hommes tournent les talons et repartent vers la vallée.

— J'hallucine ! souffle Jade. Tout ça pour une première place !

— Un véritable alpiniste doit entrer dans l'histoire, lâche Grossbaff d'un ton sec. C'est tout ce qui compte. Jacques, aide-moi à redescendre.

En observant Grossbaff boitiller sur la pente glacée, Louis chuchote à l'oreille de Jade :

— Dupont a sûrement volé le drapeau de sir Allan. Nous devons le récupérer.

Oui, mais d'abord, il leur faut redescendre.

Chapitre 9

En montagne, la descente est plus rapide que la montée. Même si Louis manque de tomber cent fois à cause du vent glacé.

Quand ils arrivent à La Jossinière, le soleil est presque couché. La fête bat son plein. Des gens dansent et chantent dans les rues au son d'une musique joyeuse. Un grand feu dessine des ombres sur les murs des maisons.

— Ce soir, on donne une fête en l'honneur de Pierre Dupont, explique Jacques. Maintenant, des centaines d'alpinistes vont essayer de gravir le pic du Diable.

Tout à coup, Louis demande :

— Où est Grossbaff ?

— Sans doute parti noyer son chagrin au café, soupire Jacques en secouant la tête. Il m'a dit que c'était ma faute s'il était arrivé deuxième, et qu'il s'arrangerait pour que je ne trouve plus jamais de travail.

— Mais ce n'est pas juste ! s'exclame Jade. Tu n'as rien fait !

— En plus, il n'est pas arrivé deuxième, mais troisième, rectifie Louis.

Jade regarde Jacques droit dans les yeux.

— Tu as vu le drapeau de sir Allan, pas vrai ?

Jacques fixe le sol et murmure :

— C'était peut-être un drapeau fantôme... celui du fantôme de sir Allan...

— Arrête de dire des bêtises ! gronde Louis. Les fantômes, ça n'existe pas !

Les trois enfants se frayent un chemin dans la foule. Les gens se sont rassemblés en cercle autour de Dupont. Debout au milieu de la place du village, l'alpiniste tient son piolet dans une main, et son drapeau dans l'autre. Deux hommes sont en train de le photographier avec un appareil en bois posé sur un trépied.

— Un petit sourire, s'il vous plaît ! appelle un photographe.

Dupont gonfle la poitrine et lève le menton.

— Quel gros frimeur ! marmonne Louis, écœuré.

Matthias, Peter, Serge et Philippe sont aussi dans la foule. Ils applaudissent mollement, l'air triste. Matthias semble avoir recouvré ses esprits : il ne se prend plus pour une poule. « C'est déjà ça », se dit Louis.

— Qu'est-ce que vous allez faire, maintenant ? demande Jacques aux deux cousins. Vous allez rentrer chez vous ?

— On aimerait bien…, répond Jade.

— … mais ce n'est pas aussi simple, complète Louis.

— On ne peut pas rentrer sans le drapeau de sir Allan…, reprend Jade.

— … et Dupont ne voudra jamais nous le donner, conclut Louis. Ce serait la preuve qu'il a triché.

— En attendant, j'aimerais aller dormir, dit Jade.

— Sauf qu'on n'a pas d'argent, objecte Louis.

— Venez chez moi, propose Jacques. Mes parents seront ravis de vous connaître !

★

Jacques habite dans une jolie maisonnette aux abords du village. M. et Mme Folliguet sont des gens simples et accueillants. Le père de Jacques est un homme jovial qui parle sans arrêt. Il a dû se blesser gravement, en montagne, parce qu'il boite beaucoup. Ce qui ne l'empêche pas de raconter ses exploits. La mère de Jacques a préparé un ragoût délicieux. Même Oliver a droit à son assiette. Il la vide en trois secondes.

Après le repas, tout le monde s'installe autour du feu. Olivier se roule en boule sur le tapis devant la cheminée et s'endort aussitôt. Jacques et sa mère entonnent une chanson gaie, typique de leur région, et M. Folliguet les accompagne à la flûte.

Louis est épuisé. Il a tellement mangé qu'il croit que son ventre va éclater. Mais chaque fois que sa tête tombe sur sa poitrine, il se réveille en sursaut en pensant : « Il faut retrouver le drapeau ! »

— Vous avez sommeil, remarque la mère de Jacques au bout d'un moment. Venez. J'ai des matelas et des édredons bien chauds.

— Merci, répond Louis dans un bâillement.

Mme Folliguet conduit les deux cousins en haut d'un escalier, dans une grande pièce sous les combles. Deux matelas sont posés par terre, à côté d'un tas de peaux de mouton.

Juste avant que Jade et Louis ne

s'endorment, M. Folliguet passe la tête dans l'encadrement de la porte et demande :

— Alors ? Vous avez vu le monstre ?

— Non, répond Jade, amusée.

— Je m'en doutais, sourit M. Folliguet. Bonne nuit !

Et d'un coup, Louis a une idée :

— J'ai trouvé comment récupérer le drapeau.

Sa cousine se rassied.

— C'est quoi, le plan ?

Louis expose son idée à Jade, qui ricane :

— Génial ! En plus, Dupont va avoir la peur de sa vie !

Chapitre 10

Boum ! Boum ! Boum ! Louis tambourine à la porte.

— Monsieur Dupont ! Ouvrez vite !

Par la fenêtre, Louis voit une lumière s'allumer. Vingt secondes plus tard, la tête de Pierre Dupont apparaît dans l'entrebâillement de la porte. Il est tout décoiffé et il a les yeux bouffis par le sommeil.

— Tu as vu l'heure ? grogne-t-il.

Louis fait comme s'il était essoufflé :

— Je sais, mais il y a urgence !

Il se faufile à l'intérieur de la maison, claque la porte et s'appuie dessus, comme pour empêcher quelqu'un d'entrer.

— Qu'est-ce qui se passe ? demande Dupont.

— C'est... c'est le monstre ! bredouille Louis. Il est ici, au village !

— J'ai horreur des blagues idiotes, s'énerve l'alpiniste. Surtout au beau milieu de la nuit.

Louis joue très bien la comédie. Il a vraiment l'air terrifié.

— Je l'ai vu ! souffle-t-il. Il est énooorme ! Avec des griffes très pointues et des poils partout !

— Tu as rêvé. Les monstres, ça n'existe p...

— Le voilà ! crie Louis en tendant un doigt tremblant.

Dupont se retourne d'un bloc. Une forme sombre, à la fourrure hirsute, se découpe devant la fenêtre. Un rugissement s'élève dans la nuit :

— RHÂÂÂ !

De longues griffes font crisser la

vitre. Louis serre les dents. On dirait un bruit de craie sur un tableau noir.

Blanc comme un linge, Dupont pose la main sur la poignée de la porte et bafouille :

— Il… Il y a forcément une explication…

Louis se mord la langue pour rester sérieux. Son plan fonctionne à mort.

Dupont entrouvre la porte. Un long bras velu tente de l'attraper. Les griffes scintillent sous la lumière de la lampe à huile.

— RHÂÂÂ !

Affolé, Dupont referme la porte, bouscule Louis, se précipite au fond de la maison, passe par la fenêtre et s'enfuit en poussant un hurlement de terreur.

Louis ouvre la porte toute grande. Une créature qui ressemble à un mouton géant se tient sur le seuil. Tout à coup, des petites mains surgissent de la masse de laine. La voix de Jade retentit :

— C'est bon, Jacques, tu peux me poser par terre.

Le déguisement était parfait : Jade juchée sur les épaules de Jacques, tous les deux recouverts de peaux de mouton, avec deux pitons en guise de griffes, que Jade agitait pendant que Jacques poussait les rugissements.

Ils se débarrassent des peaux de mouton. Jade saute habilement sur le sol et dit :

— Il faut trouver le drapeau avant que Dupont ne revienne !

Jacques allume plusieurs lampes à huile. Les trois amis se mettent à fouiller la maison. Quelques minutes plus tard, Jacques brandit un drapeau blanc avec une croix bleue. Il le tend à Louis, qui recule en expliquant :

— Il faut d'abord aller chercher Oliver.

— Avant de partir, j'aimerais vous montrer un truc, ajoute Jade avec un sourire malicieux.

De retour chez les Folliguet, Jacques, Jade et Louis grimpent à l'étage. Oliver les accueille en remuant la queue. Jade sort un objet rectangulaire de son sac à dos.

— C'est le journal de sir Alfred Allan ! s'écrie Jacques.

— Je l'ai… emprunté à Grossbaff pendant que je portais son sac, avoue Jade, les yeux pétillants. On regarde ?

Les trois enfants s'asseyent sur le sol. Avec précaution, Jade ouvre le carnet et tourne les pages. Soudain, Louis s'exclame :

— Écoutez ça : « Aujourd'hui, nous avons planté notre drapeau au sommet du pic du Diable… » !

— Dupont est un sale menteur, commente Jade. Regardez : il y a même un croquis du pic.

— Sir Allan et son équipe ont dû mourir pendant leur descente, murmure Louis tristement.

— Grossbaff le savait ! s'exclame Jacques. Il a voulu faire croire que personne n'avait franchi le pic du Diable. Bien fait pour lui qu'il soit arrivé deuxième.

— Troisième, corrige Jade. Tiens, Jacques. Prends le journal. Tout le monde doit savoir que le vrai vainqueur, c'est sir Alfred Allan.

— Merci, les amis, dit Jacques. Sans vous, personne n'aurait jamais su la vérité. Qu'est-ce que vous voulez, en échange ?

— Le drapeau ! répondent en chœur Jade et Louis.

Jacques pose le drapeau bleu et blanc sur le plancher, s'empare du carnet et sort de la pièce en s'écriant :

— Mes parents ne vont pas en croire leurs yeux !

Louis attrape Oliver par le collier, se tourne vers Jade et dit :

— À trois, on touche le drapeau ! Un... deux... trois !

Pouf ! Jade, Louis et Oliver se retrouvent dans le grenier.

Louis range le drapeau dans le coffre et retourne dans la bibliothèque. La voix stridente de Sophie résonne dans le couloir.

— Vous allez m'obéir, oui ? On joue aux charades, un point c'est tout ! Mon premier...

— Alerte à l'enquiquineuse ! murmure Louis. Moi, je ne bouge pas d'ici !

— Viens plutôt regarder l'*Arbre généalogique des Key*, suggère Jade. Je me demande pourquoi on n'a pas rencontré notre ancêtre, cette fois.

Elle ouvre le gros livre aux pages craquelées. Un petit carré de papier s'en échappe. Oliver l'aplatit sur le sol. Louis le ramasse. C'est une photo.

Une vieille photo fanée d'un homme d'environ quarante ans, qui prend la pose en haut d'un pic enneigé.

Louis plisse les yeux. L'homme a une cicatrice au-dessus de l'œil gauche. Exactement l'endroit où Jacques s'est coupé pendant l'avalanche.

Le cœur battant, Louis retourne la photo. Derrière, quelques mots sont tracés à l'encre pâle : « Jacques Folliguet, Everest, 1956 ».

— Jacques était notre ancêtre ! conclut Jade. C'est de lui que je tiens ce don pour l'escalade !

Elle remet la photo à sa place, referme le livre et lance :

— Le dernier arrivé en haut du grand chêne a perdu !

Ouvrage composé par
PCA – 44400 Rezé

Cet ouvrage a été imprimé
en France par

CPI
BRODARD & TAUPIN

La Flèche (Sarthe), le 04-06-2014
N° d'impression : 3005008

Dépôt légal : juin 2014

MIXTE
Papier issu de
sources responsables
FSC® C003309

Pocket Jeunesse, une marque d'Univers Poche,
est un éditeur qui s'engage pour
la préservation de son environnement
et qui utilise du papier fabriqué à partir
de bois provenant de forêts gérées
de manière responsable.

PKJ • POCKET JEUNESSE www.pocketjeunesse.fr

12, avenue d'Italie – 75627 PARIS Cedex 13